Algún día

Algún día

alison mcghee • peter h. reynolds

SerreS

Un día conté tus deditos
y los besé uno por uno.

Un día cayeron los primeros copos de nieve y alzándote

en brazos vi cómo la nieve se derretía en tu delicada piel.

Un día, al cruzar una calle,
te sujetaste fuertemente
de mi mano.

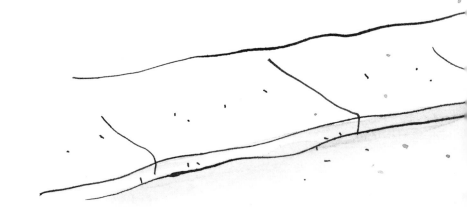

Entonces eras mi bebé

y ahora eres mi niña.

A veces, cuando duermes, vigilo tu sueño,

y también yo sueño...

...que algún día te veré zambullirte en

las claras y frías aguas de un lago...

...Caminarás tú sola
por un bosque oscuro.

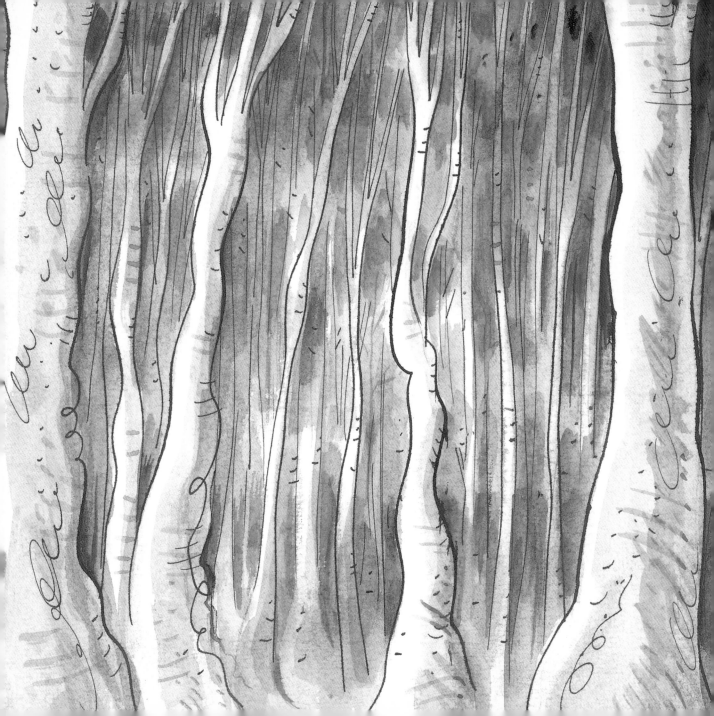

...Tus ojos

brillarán de alegría.

... correrás tan

rápido y tan lejos que sentirás que te estalla el corazón.

... Te elevarás alto, muy alto, más alto

de lo que nunca pensaste que serías capaz.

... Llegarán a tus
oídos noticias tan tristes
que querrás taparlos
para siempre.

... Cantarás una

canción y el viento la llevará lejos.

Algún día, desde el porche de casa, observaré

cómo me dices adiós con la mano, hasta perderte completamente de vista.

Ese día, te volverás a mirar la casa y te preguntarás

cómo algo que se siente tan grande puede verse tan pequeño.

Un día, sentirás
un pequeño peso
en tu espalda.

Y yo contemplaré
cómo peinas
a tu hija.

Y algún día, cuando hayan pasado muchos años, tu pelo se tornará plateado a la luz del atardecer.

Y cuando ese día llegue, mi amor:

te acordarás de mí.

A Gabrielle Kirsch McGhee,
con amor y respeto
A. M.

A la Reina Madre de nuestra Familia,
la sabia y bella
Hazel Gasson Reynolds
P. H. R.

Título original: *Someday*
Publicado por acuerdo con Simon & Schuster
Children's Publishing Division.

© del texto, Alison McGhee, 2007
© de las ilustraciones, Peter H. Reynolds, 2007
© de la traducción, Teresa Mlawer, 2007

© de esta edición, RBA Libros, S.A., 2007
Santa Perpètua, 12-14. 08012 Barcelona
Teléfono: 93 217 00 88
www.rbalibros.com / rba-libros@rba.es

Primera edición: septiembre 2007

Diseño: Ann Bobco

Realización editorial: Bonalletra Alcompas, S.L.
Diagramación: Editor Service, S.L.

Referencia: OAIS282
ISBN: 978-84-7871-070-6